Nature Lessons